短歌でめぐる九州・沖縄

桜川冴子

はじめに

この本は南から北へ、順に九州・沖縄各県でうまれた現代歌人の短歌を写真とともに紹介したものである。どこかでページをめくっていただいたあなたに、リュックと靴を、そして南国の歌の中の風景をお届けしたいと思う。

短歌にはいくつかの注をつけた。また、各県の短歌とともにその文学風土についての文章を収めている。この土地ではどんな作品がうまれたのであろうか。九州出身の白秋や牧水、あるいは仕事で九州に赴任した茂吉の歌う近代の歌と、現代歌人の歌の風景は異なるものであろうか。

ふるさとにいてふるさとを歌うことと、ふるさとを離れて異郷で歌うことと、ひとりの旅人として歌うことには違いがあるであろう。意図的にそれを分別することなく、「ここではこんな短歌が詠まれていますよ」と紹介したくなるような歌を本書に掲載することにした。

現代では、旅の歌が少なくない。九州・沖縄を訪ね、自然や人や歴史や土地の魂に触れながら寄り添いながら、作者のこころをくぐって詠まれた作品に惹きつけられた。旅先で重いテーマを歌うには覚悟がいるが、その土地の大切な見えないものへの語りかけであり、魂の共鳴として優れた歌がうまれていることが感じられた。一方で、旅の歌には日常から離れてのびやかなもの、ほっと息がつけるような楽しいもの、上質な味わいをもつものがある。ざっくりとした見方であるが、このような二つの傾向がある。

作家の松浦寿輝は「漂着について」という文章で次のようなことを言っている。一部を抜粋することにする。

沖縄や八重山や奄美が好きになって折があれば繰り返し立ち寄り、小さな離島にまで足を伸ばし、浜や村の路地やトウキビ畑のきわの道を飽きずに歩きつづけるようになってもう何年にもなる。なぜわたしは島にいてあれほど気持ちが高揚するのだろう。たぶんそれは、いかなる「愁い」の詩情とも無縁の「漂着」の感覚から来るものだ。島とは、みずから「寄物」と化してそこに漂着する場所であり、そしてそこからまたいつでも海流に乗って漂い出せば、またどこか別の島にごく自然に漂着すると信じることのできる場所なのである。

（松浦寿輝『ユリイカ』二〇〇一年八月号）

松浦によると、「寄物」とは「風に乗ってわれわれの国に訪れる『くさぐさの珍らかなる物』」という意味である。現代の限られた時間や空間に身を置くとき、誰しもどこかに「漂着」したいという思いを抱くことがあるであろう。その時点からすでに、こころの旅は始まっているのかもしれない。果てしなく広がる空と海、美しい自然、独特の県民性、生きる基軸を正してくれるような厳しい歴史や土地との出会いがあなたを待っている。そんな、南国の文学散歩に短歌を通じてつきあっていただければ幸いである。

目次

沖縄

波照間島
海みれば彼方に島見ゆ波照間とよべばいもうとのごとくなつかし
馬場あき子『南島』

石垣島

ストローがざくざく落ちてくるようだ島を濡らしてゆく通り雨

俵万智『オレがマリオ』

嘉手納基地

爆音を浴びし身体《からだ》は紙のごとあゆみゆくなり嘉手納《かでな》の昼を

吉川宏志『西行の肺』

平和祈念公園　戦没者の碑への道

シーサーはやっと来たかと日焼けせる戦死の親父の貌に笑える

田村広志『島山』

平和祈念公園

ハイビスカス髪に飾りて平和祈念公園に立つささげものわれは

水原紫苑『いろせ』

さとうきび畑に緑の陰ふかし縦隊幾重も佇むさまに

松平盟子『愛の方舟』

13　沖縄

綾蝶《あやはべる》くるくるすつとしまふ口ながき琉球処分は終はらず

米川千嘉子『あやはべる』

はじめから沖縄は沖縄のものなるを順《したが》わせ従わせ殉《したが》わせ来ぬ

吉川宏志『鳥の見しもの』

時に応じて断ち落とされるパンの耳沖縄という耳の焦げ色

松村由利子『耳ふたひら』

日本の端にあらずしてみんなみのま中とし見よわが島沖縄

名嘉真恵美子『海の天蛇《てんぼう》』

三線《さんしん》の音《ね》は空間をたわませてこの島暗く遠き洞《うろ》見す

栗木京子『水仙の章』

ああ空に客人《まれびと》のやうな月がゐて念仏踊《エイサー》を舞ふ影を照らせり

渡英子『レキオ　琉球』

はるかなる珊瑚の海は満月の夜の祝祭に白く泡立つ

谷川健一『海境』

17　沖縄

石垣島万花艶《にほ》ひて内くらきやまとごころはかすかに狂ふ

馬場あき子『南島』

石垣島

一年後の私はここで元気だとあの日の我に言う名蔵湾《なぐらわん》

俵万智『オレがマリオ』

石垣島

アカショウビンの声に目覚める夏の朝わたしの水辺から帰り来て

松村由利子『耳ふたひら』

短歌に誘われて……沖縄

一八八七年（明治二十年）大阪に生まれた折《おり》口《くち》信夫《しのぶ》は、日本を代表する古代学・民俗学者であるが、大正から昭和にかけて三度、沖縄へ民俗採訪の旅をしている。

南《ミムナミ》の波照間島《ハテルマジマ》ゆ　来しと言ふ舟をぞ求む。那覇の港に
釈迢空

洋中《ワタナカ》に　七日夜《ナヌカヨ》いねて来しと言ふ　波照間舟《ブネ》に、処女居にけり
釈迢空

波照間島ニシ浜

歌集『遠やまひこ』から引いた。折口信夫は歌人としては釈迢空《しゃくちょうくう》として知られている。この歌は那覇の港にいて、波照間島からやってくる舟を待っているのだろう。七日もかかって那覇に来た舟に処女がいたと歌う。中村庸夫の『島の名前』によると、「有人島としては日本最南端に位置」し、「ハテルマ」は「最果てのウルマ（珊瑚礁）が訛ったとも解釈される」そうである。聞き慣れないうつくしい名前をもつ、さいはての島からやってきた処女はいったいどんな人であろう。まだ見ぬ島は想うだけでもきらきらとして異界めく。

迢空の三度目の沖縄来訪は一九三五年（昭和十年）のことで、同居していた藤井春洋を伴っている。だが、応召した春洋は十年後に硫黄島で戦死する。戦後おとずれることはなかったが、

慶佐次湾のヒルギ林（天然記念物）。沖縄本島で最大規模のマングローブ林

迢空の沖縄への思いは深い。那覇市にある波上宮（神社）には「那覇の江にはらめきすぐる夕立はさびしき舟をまねく濡しぬ」（歌集には「那覇の江にはらめき過ぎし　夕立は、さびしき舟を　まねく濡しぬ」）の歌碑がある。

民俗学者の谷川健一は何度も宮古島を訪ねている。民俗調査で強烈な印象を受け、この島を殊に愛した。たとえば、高齢のおばあさんから聞いたとして「洞窟《どうくつ》に神をまつっていたのですが、その洞窟では太陽が水浴びをする」という話などを紹介したり、或いはまた「沖縄の海は二重になっている。宮古でピシ（干瀬）と呼ばれる、珊瑚のリーフ（礁）が取り巻く手前側は、明るく青い海です。そして向こう側には、どす黒い海が広がっています。ピシは現世であり、その

サンゴ礁が取り巻く宮古島の海

向こうは他界、つまりあの世だと昔は考えられていました。沖縄の海では、この世とあの世を一望に眺められるのです。」と語っていて、その内容に驚きながらも興味はつきない。（朝日新聞asahi.com 二〇一〇年一〇月一九日）

谷川は二〇一三年（平成二十五年）に九十二歳で亡くなっている。晩年、同郷の私が隠れキリシタンの歌集を出したということでお便りをくださったことがあった。こうした民俗学の話を私は直接、うかがいたかったと思う。宮古島には「みんなみの離《ばな》りの島の真白砂《ましらご》にわがまじる日は燃えよ花礁も」の歌碑がある。

人の世の深き悲しみくり返すあけもどろの花
咲きわたる島

平山良明

サンゴ礁には色とりどりの魚が棲む

「あけもどろの花」とは、沖縄の方言で夜明けの花、太陽のこと。昭和九年生まれの沖縄の歌人、平山良明の第一歌集『あけもどろの島』の代表歌である。この歌集の定価は二ドル。この歌集が刊行された一九七二年に沖縄は日本に復帰したが、戦争によって多くの犠牲者を出し、今なお基地の島である地点からずっと歌い続けている平山の沖縄の声を静かに噛みしめたい。

断たれたるトカゲのシッポのやうに生くる沖縄島の歴史をいたむ　平山良明

闘鶏のちから尽きたる形してネオンまばゆきコザの街をゆく　平山良明

米軍基地「キャンプシュワブ」

魔除けのシーサーが置かれた赤瓦の屋根

鹿児島

城山

城山に桜島をば見むと来て捨て猫五匹一匹づつ撫づ

河野裕子『葦舟』

出水

かるるかるるこうこう時にぐゑと吐く万羽の鶴の声のゆふぐれ

日高堯子『雲の塔』

喜界島

喜界島の九年母《くねんぼ》といふくだものが夜のつくゑのうへにありける

小池光『山鳩集』

種子島

葬礼はまづ歌詠みて始まるとふこころの種子をもつ種子島

伊藤一彦『日の鬼の棲む』

開聞岳

のびあがり対岸に目を凝らす子が開聞岳の三角を指す

大口玲子『桜の木にのぼる人』

31　鹿児島

霧島

霧島はひかりの花を落とすとぞひた落とすとぞさらばファウスト

坂井修一『ラビュリントスの日々』

伊佐市大口

水上を飛ぶ翅　川面に映る影　軍勢のごとし蜻蛉の数は

宮原望子『文身』

大隅半島

大隅は日本国のすんくじら海原にたたく尾鰭のあたり

森山良太『西天流離』

出水

鹿児島の出水の鶴が帰る途次嬉しいなあ島の上で鳴くという

佐佐木幸綱『天馬』

知覧・出水

特攻機つらねゆきたるわが友の　まぼろし見ゆる。天《あめ》の鶴群《たづむら》

岡野弘彦『バグダッド燃ゆ』

知覧

日の丸の翼《よく》傾けてつぎつぎに青海原に機はささりゆく

川涯利雄『風の丘』

知覧

知覧へと一度行きにき父母とともに行きたる最後の旅行

永田淳『湖をさがす』

錦江湾

錦江湾みつみつと陽を返し来ぬうすき血をもつわが両眼に

大井学『サンクチュアリ』

桜島

大男落ちにけらしな桜島今日もごろりと煙草をふかす

桜川冴子『月人壮子』

鹿児島駅

桜散る火山灰《よな》降る町を終着の汽車おのずから始発で出でぬ

浜田康敬『望郷篇』

高千穂河原から望む、雪の霧島山

短歌に誘われて……鹿児島

旅の歌人、若山牧水は旅をしながらいろいろな温泉に浸かっている。標高の高い霧島の栄之《えの》尾《お》温泉では雪が降り、山の湯をこんなふうに楽しんでいる。

此処の湯は実に豊かに、そして幾個所にも湧いていた。（中略）中にもわたしの喜んだのは此処の湯滝であった。懸け並べられた十一の筧《かけい》の口から大小とりどりの湯が落ちているのである。ことに有難いのは、湯滝と云つても大抵他処のは普通の浴槽の隅に一つか二つ落としてあるが常であるに、此処はその外に、滝専門の浴槽が設けられてあるのである。深

林田温泉

さが二三寸、丁度両方の掌を重ねて顎を載せ、腹這いになつて頭なり肩なりを打たせること が出来る様になっている。ためにのぼせる憂いがなく心ゆくまで悠々と打たせ得る。そして数が多いので一つの滝に頭を打たせ、一つには脚腰を打たせることが出来るのである。浮かれて打たせすぎてわたしは肩や三里を痛くした。恰も強い按摩に一二度続けて揉ませたあとの痛さであった。

（「九州めぐりの追憶」大正十四年）

霧島の林田温泉は観光の人が多いが、栄之尾や明礬《みょうばん》温泉は湯治に向いている。旅に疲れた牧水の体に、この温泉は昔なじみのように親しくも痛くもあったことであろう。

南九州市の知覧には「知覧特攻平和会館」が、南さつま市の加世田には「万世特攻平和祈念館」がある。出撃していった若い特攻隊員の残した手紙や写真が展示されていて、今でも身を切るように迫ってくる。

万羽ゐる出水《いづみ》の鶴の静寂のゆるぎもあらず夜深みたり　　馬場あき子

私の師である馬場あき子先生とはじめて旅をしたのは鹿児島県である。最初は出水の鶴を見た。鹿児島県の北部、出水平野には秋になると遠くシベリア方面から鶴が渡ってくる。その数は一万羽を超える。鍋鶴《ナベヅル》が圧倒的に多く、真名《マナ》鶴《ヅル》もいるが、鍋鶴は鍋鶴で群れをなし、真名鶴

出水の鶴

と混じることはない。この旅で案内をしてくださった鹿児島の歌人、川涯《かわぎわ》利雄《としお》さんと出会った。昔、川涯さんは学校の先生として種子島に赴任をされたことがある。

赴任当時の話であるが、種子島に家を新築された方があった。招かれた人々は、お祝いに焼酎と歌を書いた短冊をもっていく習わしがあった。床の間に焼酎と短冊を置く。宴に入り、人々は焼酎を飲みながら、それぞれが持ち寄った短歌を披露する。しばらく時間が経って、家の主人がふっといなくなった。川涯さんが厠へ行ったついでに、別の部屋を覗いてみると、主人は何やら書いている。それは客人からいただいた歌に対しての返歌であった。すべての歌に対して返歌を作っていたという。

種子島の墓地は墓石にその人の生前詠んだな

種子島宇宙センター

かでも特にいい歌が彫ってあるという話も聞く。種子島は歌の島、奄美は民謡の島である。

「角川短歌」の二〇一五年十二月号に付けられた「全国短歌結社マップ」によると、鹿児島県に本部を置く短歌結社が七団体あり、九州では一番多い。昔から歌が盛んで短歌人口が多いことも特徴の一つだ。

川涯さんの子どもの頃の話も面白い。台風がくるとエネルギーを全身に浴びたくて、雨風にずぶ濡れになりながら両手を広げて走ったという。それを快感だったと語る気質に驚く。自然のダイナミズムの中で鹿児島の人はおおらかで、飾らないやさしさをもつ。

種子島・竹崎海岸

知覧の茶畑

宮崎

都井岬

母の名は茜、子の名は雲なりき丘をしづかに下《くだ》る野生馬

伊藤一彦『海号の歌』

栗の実の木食五行しのべれば日向の国に火の爆ぜる音
佐佐木幸綱『天馬』

宮崎の芋焼酎〈ハナタレ〉うまし

ハナタレは〈初雫〉かも柳川の蟹漬《がんづけ》もありつつしみて飲まむ

高野公彦『甘雨』

霧島酒造

霧島の名を冠したる焼酎の造り始まり夕映えを祝《ほ》ぐ

岩井謙一『光弾』

日向鶏

日向鶏炭火に炙るもうもうと薄闇だから語りあうのだ

加藤治郎『噴水塔』

大淀川

夕暮れの大淀川に草垂らし子は長く釣りの真似してゐたり

大口玲子『桜の木にのぼる人』

宮崎平野

電車にてかへりきたれば宮崎の平野一枚たそがれてをり

志垣澄幸『日向』

黒蝶を追いゆけば神とすれ違う日向の国はよきところなり

岩井謙一『ノアの時代』

尾鈴山

牧水がつね仰ぎゐしは裏側と聞きつつおもて尾鈴を仰ぐ

大口玲子『桜の木にのぼる人』

高千穂

高千穂の神楽の笛のさやさやにさびしくあれば言問ひにけり

馬場あき子『阿古父』

高千穂

自己矛盾大きく豊かなるがよし高千穂峰《たかちほのみね》赤き膚見す

伊藤一彦『新月の蜜』

53　宮崎

椎葉村

その土地に人生きて死ぬ單純を椎葉の村に葛の花咲く

前登志夫『落人の家』

飫肥

家一軒成るほどの材飫肥杉の直《すぐ》なる幹を見あげて立てり

志垣澄幸『日月集』

照葉樹林

ふるさとで日ごとに出遭う夕まぐれ林のなかに縄梯子垂る

吉川宏志『夜光』

鬼の洗濯板に囲まれた青島

短歌に誘われて……宮崎

空港駅発の各駅停車の列車に乗って田吉という無人駅で降りると、ほどなく日南線の志布志行きの一両編成の列車がやってきた。

青島へはそこから二十分。鬼の洗濯板と呼ばれる奇岩（波状岩）に囲まれた青島は、はてしなく青い空と海が産み落とした玉子のようにゆったりと浮かんで見えた。

枇榔樹《びろう》の古樹《ふるき》を想へその葉蔭《はかげ》海見て石に似る
男をも
若山牧水

海上に架かる橋の入口付近に牧水のこの歌碑

若山牧水の歌碑

がある。歌集『海の声』には、この歌に「日向の青島より人へ」と付されている。「人」とは園田小枝子である。小枝子が人妻であることを知らなかった牧水の恋愛感情は募るばかりであった。当時、早稲田の学生であった牧水は帰省した折に青島を訪ね、この歌を詠んだ。青島の大部分は亜熱帯性植物に覆われていて、なかでもヤシ科のビロウ樹が多い。小枝子に「私のいる青島のビロウ樹を想え。その葉蔭に海を見ながら石のように動かずひたすらあなたを想う私のことも。」と呼びかけている。牧水の恋心がせつなくも熱い。

近くの亜熱帯植物園内に長塚節の歌碑がある。この歌は亡くなる前年の作である。

とこしへに慰《なぐさ》もる人もあらなくに枕に潮《しほ》のおらぶ夜《よ》は憂《う》し

長塚節

節は茨城県の出身。旅を愛した三十七年の短い生涯は病との闘いであった。三十二歳の時に黒田てる子と婚約が成立したものの、喉頭結核に罹り、自ら婚約を解消する。入院、手術を繰り返し、夏目漱石の紹介状を持参して九州大学病院の久保猪之吉博士の治療を受けるようになる。久保はドイツから研究者が逆留学して来るほどの名医として知られていた。その夫人は松山の出身で正岡子規や漱石と交流があり、ま

長塚節の歌碑

た伊藤傳右衛門邸の近くに棲んでいたため、柳原白蓮とも繋がりがあったそうである。完治しないまま、退院してまもなく節は博多を出発し、人吉や小林を経由し、乗合馬車に揺られながら折生迫に至るのであるが、台風に遭遇する。病身の節にとっては相当な体力消耗となり、青島にようやく到着する。歌人の伊藤一彦はこの歌に関連して次のように書いている。

宮崎行きは、九州南方という辺土への旅、病気の進行と死の不安、恋人を失った孤独といった内容をそもそも織り交ぜる内容ではあったろう。そして、不安と孤独のなかで慰藉される自然という主題も構想されていたかも知れない。しかし、思わざる天候の荒れは自然を猛々しいものにした。（中略）「とこしへに」

青島にはビロウ樹やフェニックスなどの亜熱帯植物が生い繁る

の一首は、恋人を失った傷手ではなく、その傷手を癒やす自然すらないという一種の極限状態の設定として読めるような気がする。

（伊藤一彦『歌のむこうに』）

青島は海幸彦、山幸彦の神話の舞台として知られ、山幸彦と豊玉姫の交わした歌は相聞歌のはじまりとも言われている。島全体が青島神社の境内となっている。

宮崎はまさに神話の里である。高千穂神楽が殊に有名であるが、宮崎市内だけでもおよそ二十箇所の神社で伝承神楽が舞われている。

若山牧水の生家と記念文学館は日向市東郷町にあって、文学館は三百点以上の資料を蔵する。すぐ近くには坪谷川が流れ、なだらかな尾鈴山を望むことができる。

山幸彦と豊玉姫の埴輪（青島亜熱帯植物園で）

ふるさとの尾鈴《をすゞ》の山のかなしさよ秋もかすみ
のたなびきて居り

若山牧水

世界三大花木の一つ、ジャカランダ（青島亜熱帯植物園で）

熊本

江津湖

しろがねの月を抱《いだ》きて眠りこむ江津の湖面を何もて擲《う》たむ

安永蕗子『青湖』

天草

わだつみをほういと飛んでまた一つほういと飛魚《あご》の飛ぶよ天草

高野公彦『甘雨』

阿蘇の温泉

女率《ゐ》て寒《かん》ごもりせる阿蘇の湯の栄耀《えいえう》のなきしづけさあはれ

岡井隆『歳月の贈り物』

南阿蘇村

紫陽花はいろはにほへと濡れながら一村青く水漬けるばかり

清田由井子『古緋』

草千里

一頭の馬が伏し目の憂愁に阿蘇草国の野焼きがけぶる

安永蕗子『緋の鳥』

67　熊本

阿蘇五岳

霧とざす阿蘇の五岳やうつしみはよろこびに似てはるかなるらむ

水原紫苑『客人』

阿蘇山

赤富士を花と見るなら黒阿蘇は何にたぐへむ寥々と棲む

清田由井子『古緋』

寝釈迦山

みをつくし生きてなにがし秋天に寝釈迦《ねしゃか》山はるけく横たはります

青木昭子『さくらむすび』

阿蘇

大阿蘇に消残《けのこ》る雪をたしかめて時の感覚を戻しはじめつ

島田幸典『駅程』

天草　崎津天主堂

鮟鱇《あんこう》の干物にほへる天主堂訛りて祈るこゑを聞くなり

桜川冴子『ハートの図像』

天草

天草の南天木《なんてんぼく》の箸つかふいつのころよりわれは右手に

小池光『時のめぐりに』

白川

白《しら》川を電車に越えてゆくときに日輪光は水を叩けり

阿木津英『紫木蓮まで・風舌』

熊本空港―益城町

琅玕忌終えて熊本空港に泥面子《どろめんこ》なるおもちゃを買いぬ

大島史洋『ふくろう』

熊本市五百羅漢

秋かぜや五百羅漢の御顔に忘八ひとつくらいはあらむ

石田比呂志『忘八』

熊本城

穴太積《あのうづ》みはた算木積《さんぎづ》み熊本の城の石垣反る武者返し

浜名理香『流流』

熊本市　長六橋

今さらに袂に止まる花もなく長六橋を渡りて帰る

石田比呂志『萍泛歌篇』

水俣

空洞となりたる花の万の眼が映す水俣の青の深さよ

桜川冴子『ハートの図像』

短歌に誘われて……熊本

花や何　ひとそれぞれの　涙のしずくに洗われて　咲きいずるなり

これは、石牟礼道子が東日本大震災の翌月に書いた詩「花を奉る」の一節である。東北を、とりわけフクシマに思いを重ねるミナマタの心としてこの詩は哀切に響く。

「春の彼岸と秋の彼岸には山の神さんと川の神さんが交代しなさる。ほらいま、ヒュンヒュン鳴いて、いま入れ替わりよんなはるばい」って。一生懸命耳をすますんですけれども、聞こえないんですよ。それで、年寄りになれ

ヒゴタイ。阿蘇・くじゅう周辺の草原に自生し、瑠璃色の球形の花を咲かせる

ば聞こえるようになるかも、と思っていました。聞きたいと思っていました。

（石牟礼道子、藤原新也対談集『なみだふるはな』）

私の郷里は水俣である。この文章を読みながら、幼少期に隣に蒲団を敷いて寝ていた祖母との会話を思い出した。川の傍に私の家はあった。八月の旧盆の頃の話である。

「リンリン、リンリン聞こえるね」

「うん、聞こえる。これは子どもの草履についとる鈴の音たい」

「そうじゃなか。こんな夜中に」

そう言われて私は恐くなり、蒲団にもぐりこんだ。恐いけど知りたい。

「神さんが川を上ってゆきなさる音たい」

post card

恐れ入りますが、切手をお貼りください

810-0041

福岡市中央区大名2-8-18
天神パークビル501
システムクリエート（有）内

書肆侃侃房　行

□ご意見・ご感想などございましたらお願いします。

※書肆侃侃房のホームページやチラシ、帯などでご紹介させていただくことがあります。
不可の場合は、こちらにチェックをお願いします。→□　※実名は使用しません。

書肆侃侃房　http://www.kankanbou.com　info@kankanbou.com

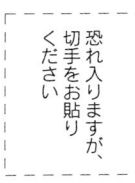

■愛読者カード

このはがきを当社への通信あるいは当社発刊本のご注文にご利用ください。

□ご購入いただいた本のタイトルは？

□お買い上げ書店またはネット書店

□本書をどこでお知りになりましたか？

01書店で見て　02ネット書店で見て　03書肆侃侃房のホームページで
04著者のすすめ　05知人のすすめ　06新聞を見て（　　　新聞）
07テレビを見て（　　　）　08ラジオを聞いて（　　　）
09雑誌を見て（　　　）　10その他（　　　）

フリガナ
お名前
男・女

ご住所　〒

TEL（　　）　FAX（　　）

ご職業　年齢　歳

□注文申込書

このはがきでご注文いただいた方は、**送料をサービス**させていただきます。
※本の代金のお支払いは、郵便振替用紙を同封しますので、本の到着後1週間以内にお振込みください。
銀行振込みも可能です。

本のタイトル	冊
本のタイトル	冊
本のタイトル	冊

合計冊数　冊

ありがとうございました。ご記入いただいた情報は、ご注文本の発送に限り利用させていただきます。

音は川のせせらぎに増して大きくなり、やがて何も聞こえなくなった。ほんとうに神さまが川を上っていかれたのだと思った。

夜の闇は幼い私の想像をかきたて、恐れと親しさをもって見えないものの存在を思った。確かに遠く近くに、リンリン、リンリンと神さまはおられた。こうした生温かい空気と共に呼び出される記憶はあまり明るいものではない。魂のふるさととはこういうものか。

水俣も悲しみを背負わされた地であるが、天草もそうだ。天草の南端、羊角湾の傍に、﨑津天主堂というカトリック教会がある。ここはキリシタン弾圧に耐え、隠れキリシタンとして信仰を守り続けた歴史をもつ。天草の北の方には大江天主堂があって、ガルニエ神父を若き日の

タンスの中に置かれた十字架やマリア像

与謝野寛（鉄幹）、北原白秋、吉井勇、太田正雄（木下杢太郎）、平野万里が訪ね、一連の旅を『五足の靴』として著している。

みぎはには冬草《ふゆくさ》いまだに青くして朝の球磨川ゆ霧たちのぼる

斎藤茂吉

歌集『つゆじも』より。球磨川は九州山地に源を発し、人吉から八代を経て八代海に注ぐ川であり、日本三大急流の一つである。球磨川下りが殊に知られている。長崎医専教授であった斎藤茂吉は長崎から人吉を訪ねており、この歌は大正十年元旦の作。また、長塚節は明治四十四年と大正三年にこの地を訪ねた。その頃に川下りが始まっている。病身の長塚節の目には勢い

大江天主堂

のあるこの水の流れはどのように映ったのであろう。

熊本県の東部には阿蘇がある。根子岳、高岳、中岳、烏帽子岳、杵島岳を有する阿蘇五岳があり、巨大なカルデラを囲む外輪山を含めて阿蘇山と言う。五岳が雲海に包まれて、釈迦の寝姿に見えることから、人々は「涅槃像」と呼んで親しんできた。周辺は放牧地となっており、阿蘇はまさしく歌の題材の宝庫である。

熊本のシンボルは熊本城である。ここは江津湖を擁する水の都でもある。市内を路面電車が走る。江津湖の近くに安永蕗子が、路面電車の終点の健軍に石田比呂志が暮らしていた。

熊本市内の路面電車

大分

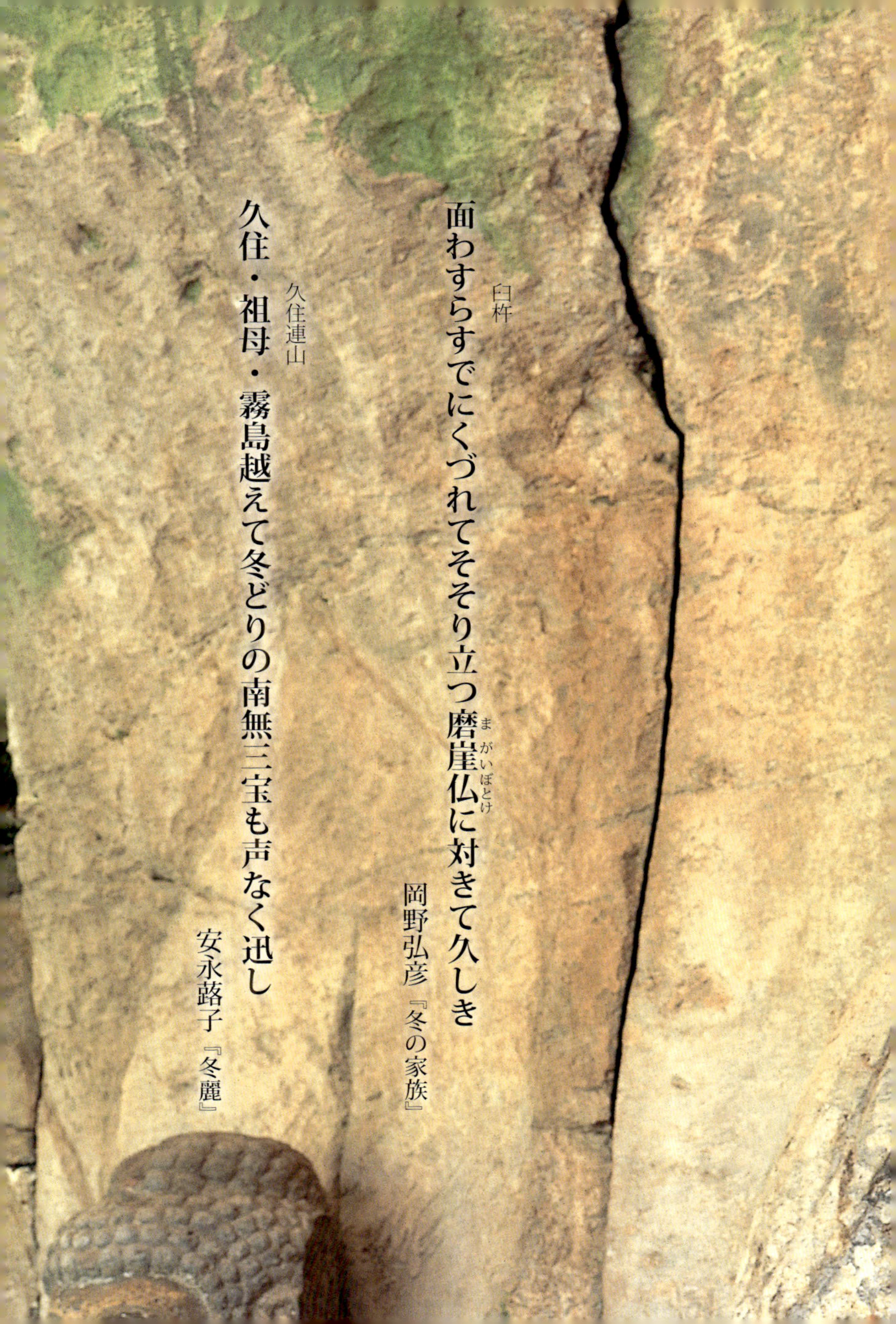

臼杵

面わすらすでにくづれてそそり立つ磨崖仏《まがいぼとけ》に対きて久しき

岡野弘彦『冬の家族』

久住連山

久住・祖母・霧島越えて冬どりの南無三宝も声なく迅し

安永蕗子『冬麗』

響もして水湧き出づる豊の国小津留《をづる》が里の神水をのむ

山埜井喜美枝『はらりさん』

あまでうすあまでうすとぞ打ち鳴らす豊後《ぶんご》の秋のおほ瑠璃《るり》の鐘

永井陽子『モーツァルトの電話帳』

竹田

サンチャゴの鐘は遠き日耶蘇の鐘納戸のやうな豊後に響《な》りぬ

川野里子『王者の道』

別府　鉄輪温泉

ひとり来し別府鉄輪《かんなわ》温泉に真竹のお箸二膳を買ひぬ

上村典子『手火』

大分駅

もしもじゃよジャコメッティが食ったらじゃジャパンじゃこめしじゃこのまなざし

俵万智『プーさんの鼻』

〈大分市豊饒《ぶねう》四組〉といふ住所見つつひととき愉しき選歌

高野公彦『甘雨』

ふるさとは海峡のかなたさやさやと吾が想はねば消えてゆくべし

川野里子『五月の王』

豊後より梅酒、阿波より酸橘《すだち》きて武蔵野は霧ふかき晩秋

小島ゆかり『馬上』

国東半島

国東の野に仏あり木洩れ日の言葉を聞けば微笑みたまう

松村正直『駅へ』

霰ひく放物線ごとのみこみて道の阿羅漢大笑ひせり

伊勢方信『月魄』

短歌に誘われて……大分

大分県国東《くにさき》半島の香々地《かかぢ》。長崎鼻という岬に江口章子の歌碑がある。

ふるさとの香々地にかへり泣かむものか生まれし砂に顔はあてつつ

江口章子

北原白秋の二番目の妻、江口章子《あやこ》はこの地（現、豊後高田市）に江口家の三女として生まれた。原田種夫の『さすらいの歌』によると、造り酒屋「米屋」の娘で、「千両出しても乗りたいものは、香々地米屋の蒸気船」と言われるほどの、人も羨む家に生まれ、「あこさま、あこさ

江口章子の歌碑

ま」と呼ばれ女王様のように何不自由ない少女時代を過ごしたそうである。しかし、六歳の時に兄が溺死、十一歳の時に父は死去、その後姉の一人は出奔、もう一人の姉は産後の肥立ちが悪くて死去、章子はその後、大分県立第一高等女学校に入学し、才媛でもあったが、卒業前に弁護士と結婚。しかし、夫の女遊びや酒乱に苦しみ、文学に救いを求めていったと言われている。

夫の元を飛び出した章子は上京。その頃、文学を通じて白秋と出会い、大正五年に結婚をする。白秋はその二年前に最初の妻、松下俊子と離別している。章子との結婚を「白秋およめさまをもらひ嬉しくてたまらず候」と白秋はおどけて人に手紙を出している（『白秋全集39書簡』岩波書店）が、明日の米にも困る生活であった。

長崎鼻の海蝕洞穴「行者洞窟」

窮乏の生活から脱した大正九年、三階建ての洋館「木菟の家」を新築するが、その地鎮祭の祝いの夜、章子は新聞記者と出奔する。しかし、やがてこの男とも別れて故郷の大分に戻る。

その後章子は、伊藤傳右衛門が別府につくった別邸にいる柳原白蓮を訪ねる。この辺りのことは林真理子の小説『白蓮れんれん』に描かれていて興味をそそられる。「私の客分ということでしばらく居てくださって結構よ。」と滞在を受け入れた白蓮はしばらくして章子に「あなた、私にかわって主人のめんどうをみてくださらないかしら。」と言う。あくまでも小説として描かれているが、生々しく感じられる場面だ。章子は白蓮の元を去り、その白蓮は翌年、伊藤傳右衛門の元を去り宮崎龍介と駆け落ちをする。章子は放浪して、三度目の結婚をするがやがて精

江口章子生誕地

神を病んでいく。

ただひとり野べに死なむとおもひきや父と母とにめでられし身の
丹頂の鶴にほれたる白秋は眼やみたまひ鶴の声きくや

一首目は「巡礼記」の中の一首。凄まじい気力と孤独感が表れている。二首目は糖尿病や腎臓病を患っていた白秋が眼底出血のために入院したという知らせを聞いて詠んでいる。病床の白秋に呼びかけたこの歌は狂気ではなく、ひとりの人間を心から慕わしく思う歌だ。章子は三度目の夫とも別れて、最後は故郷に戻る。座敷牢に幽閉され、あらぬことを口走り、たまに正気に戻りながら、ひとり糞尿にまみれて生きた

という。昭和二十一年に五十九歳で亡くなった時、枕元には、先に逝った白秋の「雀百首」が残されていた。

中津市と言えば福沢諭吉の生誕地であるが、『豆腐屋の四季』の作家で短歌も残している松下竜一が暮らした町でもある。

父切りし豆腐はいびつにゆがみいて父の籠《こ》もれる怒りを知りし

松下竜一

昭和十二年に生まれた松下は、生後まもなく右目を失明し、高校時代には結核で療養生活を送っている。母を早くに亡くし進学を断念して、父が営んでいた豆腐屋を継ぐ。「おのができそこ

福沢諭吉生家

なわせた豆腐に怒り狂い、切り分けようともせぬ私に代わって、老父は黙々と切り分けるのだった」そのような「惨めな悔いの底から歌が生まれた」と回想している。この歌は朝日歌壇に投稿し、昭和三十八年一月二十日の紙上に五島美代子選の一位として掲載され、松下の生きる希望となった。五島の評言を「世間から無視され続けてきた私にそそがれた、最初の〈理解ある言葉〉だった」と書いている。（松下竜一『その仕事』一巻）

中津城

長崎

浦上天主堂

傷軽きを頼られてこころ慄ふのみ松山燃ゆ山里燃ゆ浦上天主堂燃ゆ

竹山広『とこしへの川』

五島列島

弾圧のむごき世つひに何もせずまなこ朽ちゆくマリア観音

米川千嘉子『滝と流星』

西坂の丘　二十六聖人像

祈りの手二十六聖人の手　貝のごとならびて四月の雨に濡れをり

日高堯子『雲の塔』

出島

出島とは島にあらざる四千坪口笛吹けばひびきわたらむ

坂井修一『縄文の森・弥生の森』

思案橋

唐寺ひとつ探しあぐねてしばらくの思案橋とぞ水鳥が浮く

安永蕗子『褐色界』

爆心地周辺の坂

長崎大学医学部を出て歩きゆく爆心までの曇天の坂

永田和宏『饗庭』

坂道

この坂のここにことときれゆきたりしひとつの顔をのがれつづけつ

竹山広『とこしへの川』

戦没者追悼式典

一分ときめてぬか俯す黙禱の「終り」といへばみな終るなり

竹山広『千日千夜』

諫早

口中に満ちし乳房もおぼろなる記憶となりて　過ぐれ諫早《いさはや》

岡井隆『鵞卵亭』

大村湾

かたはらに大村湾は凪ぎゐたりいきどほろしき沈黙もある

小紋潤『蜜の大地』

生月

波の穂を踏みて去りにしまぼろしの救ひの人の島は彼方に

谷川健一『海境』

さだかには見えざる壱岐に発《た》つ船も見えなくなりて潮の高鳴る

外塚喬『真水』

馬鹿だなと自ら思ふ義理立てにカステラ二斤ぶら下げてゆく

馬場昭徳『風の手力』

短歌に誘われて……長崎

斎藤茂吉は一九一七年（大正六年）十二月、長崎医学専門学校に精神病学教室の第二代教授として赴任している。

朝あけて船より鳴れる太笛《ふとぶえ》のこだまはながし竝《な》みよろふ山　斎藤茂吉

長崎到着の第一印象をこのように読み、歌集『あらたま』の末尾に置いた。この歌について茂吉は「朝はやくから、港に泊てゐる汽船の鳴らす汽笛のおとは太くて長い特有なものである。それさへたびたびとして珍しいのに、その汽笛

世界新三大夜景の一つに認定された長崎の夜景。鍋冠山から

は港を囲む山々に反響する」（「作歌四十年」茂吉全集第十巻）と記している。長崎港は上空から見ると、鶴が羽ばたくような形をしていることから「鶴の港」と呼ばれてきた。また、周辺を山々が取り囲み、長崎は坂の町としても知られる。茂吉が赴任した大正初期の長崎港では、団平船《だんべせん》と呼ばれる石炭や物資を満載した小舟が、沖に停泊した艦船に近づいて積み込みの作業を行っていた。茂吉は赴任後、今町のみどりや旅館でしばらく過ごし、翌年一月に金屋町に移っている。

中国の旧正月（春節）を祝う行事を起源とする冬の風物詩、長崎ランタンフェスティバル

聖福寺大雄宝殿の屋根の鬼瓦

聖福寺《しやうふくじ》の鐘の音ちかしかさなれる家の甍《いらか》を越えつつ聞こゆ

斎藤茂吉

金屋町の家から聖福寺の鐘の音が聞こえる。四月には東中町に転居し、輝子夫人と長男の茂太を呼び寄せたが、裕福な家の出である夫人は華やかすぎて茂吉とは喧嘩が絶えなかった。茂吉の長崎の職場を芥川龍之介と菊池寛が訪ねてきている。芥川との関係は、茂吉が東京に戻り、一九二七年（昭和二年）に芥川が自殺する頃まで続いている。

茂吉は一九二一年（大正十年）にこの地を去るが、長崎の歌を後年『つゆじも』に収めている。

石だたみのオランダ坂

長崎は石だたみ道ヴェネチアの古《ふ》りし小路《こうぢ》の
ごととこそ聞け

斎藤茂吉

この歌について、岡井隆は「なに一つ新奇な事柄を提示しているわけではない。しかし、長崎のエキゾチズム——長崎にエキゾチズムを感じている自分の心情——にだけ的をしぼって、せい一杯定型詩の韻と律を活かそうとしている。小柄なまとまりすぎた作品にはちがいないが、純度は高い。」と評している。（岡井隆『茂吉の歌　夢あるいはつゆじも抄』）

夭折の詩人、立原道造は東京大学の建築科の出身である。在学中に優れた学生に贈られる辰野金吾賞を三度受賞している。その辰野は東京駅を設計した人として知られるが、九州では、歌会や句会、文学の集まりに利用されている現在の福岡市文学館（通称　赤煉瓦文化館）も設計している。大学を卒業した道造は、東京の石本建築事務所に勤務し、同期の友人である武基雄の出身が長崎であることからこの地を訪ねるが、三日後に病に倒れ、武の実家である医院に入院してしまう。眼鏡橋のある辺りである。道造は衰弱激しく、十日間しか長崎に滞在できず、東京に戻ってからは、結核療養所に入院。三ヵ月後に肺結核により二十四歳の若さで亡くなった。

眼鏡橋

長崎港

佐賀

竜門峡

花冷えの竜門峡を渡りゆくたつたひとつの風であるわれ

笹井宏之『八月のフルート奏者』

佐賀市富士町下合瀬
いっぽんの桂がここに生を受け千年動かぬ　根《こん》の気勁し
沖ななも『神の木民の木』

古伊万里の皿　九州国立博物館　フランスからの里帰り展より

古伊万里の絵柄の人はぶらんこを漕ぎつつ巴里《パリ》の空に消えたり

桜川冴子『キットカットの声援』

唐津

やはらかく腰をおろして犬も見る肥前唐津の七月の海

小島ゆかり『ごく自然なる愛』

鏡山から虹の松原を望む

短歌に誘われて……佐賀

唐津《からつ》近松寺《きんしょうじ》を出でて鉄道馬車に乗る。正面を見て来た来たといふと中途で馬を外した、何事ならむと思へば、遙か向ふの方から煙を吐いて来るものがある。今機関車が来るのださうだ。紫の烟をばつばつと断続的に吐きながらがたぴしやとやッて来たのを見るとべらべらの鉄の函だ、極くプリミチーヴな玩具の様な石油機関車である。機関車が止まると五六人で客車を押して結び付ける。ぽーと一時に濛々たる烟を上げて車が動き出す、その前にぶるぶると馬の様に震へたには一同舌を巻いて驚いた。

（五人づれ『五足の靴』）

唐津城から見る鏡山・虹の松原方面

与謝野寛（鉄幹）、北原白秋、吉井勇、太田正雄（木下杢太郎）、平野万里による『五足の靴』の「領巾振山《ひれふりやま》」の冒頭の一節である。一同の機関車を初めて見た感動が躍動感をもって伝わる名文である。彼らは一九〇七年（明治四十年）八月十三日にこの地を訪れ、虹の松原を見た後に「博多屋」という宿に泊まる。現在は唐津駅前広場に立派な「五足の靴文学碑」が建てられている。唐津は『万葉集』の研究や短歌が盛んな土地柄である。

「領巾振山」とは松浦佐用姫《まつらさよひめ》が朝鮮半島に船出する大伴狭手彦《おほとものさでひこ》との別離の悲しみに耐えかね、この山の頂から領巾を振ったという伝説に基づく呼び名で、鏡山のことである。万葉集にこの伝説に基づく歌がいくつかある。標高二八四メートル、さほど高くないこの山は、現在では車で登ることができる。青い海と白い砂に沿って黒松が虹のように弧を描く海岸は「虹の松原」と言われ、この山から一望できる。私は何度か訪ねているが、ここから見る唐津湾は身体性を帯びてぞくぞくと身に響いてくる。殊に、日没の風景は生きていることの懐かしささえ感じられるほどである。夕陽はゆっくり、ゆっくりと東シナ海に落ちてゆき、やがて卵の黄身のようにとろりと見えなくなる。沈んだ後の海と空の色合いもしばらく熱を帯びたような余韻をもつ。

日の入りし雲をうつせる西の海はあかがねいろにかがやきにけり　　斎藤茂吉

右が斎藤茂吉が静養した古湯温泉「扇屋」の離れ

大正九年八月三十日、長崎に赴任していた斎藤茂吉は病のために、転地療養としてしばらく唐津に滞在したが、その後九月十一日から十月三日まで古湯温泉で静養した。嘉瀬川沿いの「扇屋旅館」に茂吉が滞在した客室が残され、「かじかの里公園」には歌碑がある。

うつせみを病やしなふ寂しさは川上川《かはかみがは》のみな
もとどころ
斎藤茂吉

中島哀浪は佐賀中学時代から文学グループを作り、中央歌誌に投稿を始めた。早稲田大学時代には白秋や牧水と同じ下宿に住んだことがあるが、地元の佐賀に根ざして活躍し、短歌結社「ひのくに」の礎を築いた。また、「ひのくに」

斎藤茂吉の歌碑

の歌人である篠原高三は召集された戦地から陣中詠を送り続け、「戦場の歌人」とも称される。昭和十六年十二月八日、マレー半島グランタン州コタバルでの敵前上陸で戦死している。

柿もぐと樹にのぼりたる日和なりはろばろとして脊振山見ゆ
中島哀浪

青き葉を小瓶にさして立ててあり友のしかばねの焼かるところ
篠原高三

名護屋城跡から呼子大橋と鷹島を望む

紅葉の竜門峡（有田町）

福岡

漁港近くの通り

玄海の春の潮《うしほ》のはぐくみしいろくづを売る声はさすらふ

岡井隆『鷺卯亭』

柳川

柳川の〈びいどろ壜〉は風に鳴り風に鳴り巨《おほ》き詩人となりき

小島ゆかり『希望』

多々良

夕鳥の翔び立ちゆきし多多良浜ゆたにたゆたに寄する春潮

山埜井喜美枝『多多良』

能古島から志賀島・海の中道を望む

能古島《のこのしま》にわたりて見さくる志賀島《しかのしま》　湾を出で入る潮《うしほ》の青さ

梅内美華子『夏羽』

玄界灘

玄海の春の入江は潮満ちて波ひとつまたひとつもみあぐ

阿木津英『天の鴉片』

博多座

「遅咲きの花うつろはず」歌手うたひ博多座にしばし父もうたはむ

上村典子『手火』

博多駅周辺

博多駅裏の欅に熊蟬が旅の心をつくろい鳴けり

千々和久幸『祭という場所』

太宰府天満宮

東風《こち》吹きて匂ふ飛梅はしきやし宰府に千年の樹齢重ねて

恒成美代子『秋光記』

人生のところどころに旬がある何時だつて旨い博多めんたい

青木昭子『申し申し』

秋月は父《秋月》の生《あ》れ里ビール麦芒《のぎ》やはらかくゆるるこの里

春日真木子『黒衣の虹』

大濠公園

夕照りの大濠公園の池の面　足漕ぎ遊具のスワン並べり

恒成美代子『秋光記』

水の街棹さし来れは夕雲や
鳰の浮巣のささ啼きの声

柳川

白秋はわれの師の師ぞ街中を四五分も歩くにまたも碑にあふ

外塚喬『天空』

柳川

カササギを間近に見たるよろこびに舟より降りつ柳川は春

大島史洋『センサーの影』

筑後川

水細り筑紫次郎も老いたりな老いたる妻と年の瀬を越す

久津晃『宇宙銀鼠』

北九州　八幡

芯あかき鉄はしずかにひえおらん陸の小指のふれあう街に

東直子『青卵』

関門海峡の夕焼け

海峡の海面は隅より暮れゆきて対岸上空一面の赤

五所美子『和布刈《めかり》』

飯塚　炭鉱

炭住に月が出た出たボタ石の墓標も照らす月が出たヨイ

キム・英子・ヨンジャ『百年の祭祀』

短歌に誘われて……福岡

柳川は掘割が縦横にめぐらされた水郷の町である。むかし、初代藩主立花宗茂が治めていたところで、今もゆかりの庭園や資料館がある。「この水の柳河こそは、我が詩歌の母體である」と北原白秋は言う。

私の郷里柳河は水郷である。さうして静かな廢市の一つである。自然の風物は如何にも南國的であるが、既に柳河の街を貫通する數知れぬ溝渠《ほりわり》のにほひには日に日に廢れてゆく舊《ふる》い封建時代の白壁が今なほ懐かしい影を映す。

（北原白秋『思ひ出』序文）

北原白秋生家

どんこ舟にゆられながら川下りをしてゆくと、喧噪から離れて異界に迷い込んだような錯覚を覚えることがある。まさに「東洋のベニス」であり、詩情をかきたてられる。赤煉瓦の並倉や白いなまこ壁といった見慣れない風景や、狭い橋の下で反響する船頭の唄に旅情を感じながらしばらくゆくと、鰻を焼く香ばしい匂いがする。柳川名物は鰻のせいろ蒸しである。舟から下りて白秋生家・記念館までは徒歩で数分。魚屋にはムツゴロウやクツゾコなど、有明海の面白い魚がいる。

「遠《とお》の朝廷《みかど》」と呼ばれた大宰府政庁であるが、その跡は広大で静かである。パワースポットと言えるかもしれない。ゆったりとした清らかな空気が体を包む。ゆっくりと見あげる山は『万

柳川川下り

大宰府政庁跡

葉集』の中で山上憶良が「大野山」と詠み、坂上郎女が「大城の山」と詠んだ四王寺山である。元気な人はハイキングを楽しめるが、車でも登ることができる。

東風吹かばにほひおこせよ梅の花あるじなしとて春な忘れそ　　菅原道真

今は「大宰府」ではなく「太宰府」と表記する。太宰府天満宮本殿に向かって右手に飛梅の木があり、この歌が記されている。むかし、左遷された道真を慕って、京の都から一夜にして飛んできたと伝えられる。太宰府土産としては、天神さまの使者として幸運を招くとされるウソ鳥を木彫りにした「木鷽」や「梅が枝餅」があ

宗像大社辺津宮の高宮祭場

る。梅が枝餅は、道真が亡くなった時に浄明尼という老女が餅を梅の枝と一緒に柩に差し入れたことに由来する。道真の月命日にあたる毎月二十五日には、よもぎ入りの梅が枝餅を特別に販売している。

玄界灘に「海の正倉院」と呼ばれる沖ノ島が浮かび、宗像大社の沖津宮がある。そもそも宗像大社とはこの宮と大島にある中津宮、そして宗像市田島にある辺津宮の三宮を総称して言う。辺津宮は訪れる人も多く、万葉歌碑もある。むかし宗像の姫神が高天原から降りてこられたとされる「高宮」は古代祭場であり、宗像大社の特別なところである。

沖ノ島は海の中の無人の孤島で、島全体がご神体である。貴重な神宝、祭祀品が多数埋蔵さ

関門海峡に臨む門司港

れている。ここは女人禁制で、特別に上陸を認められた人でも潔斎をして島に入るなど厳しい掟が今に守られているところであり、島にあるものは一木一草、砂さえも持ち出すことは厳禁とされている。この宮には神職が交代で常住して神に仕えている。

石炭産業で栄えた筑豊の飯塚には、柳原白蓮が棲んだ旧伊藤傳右衛門邸があり、広く一般に公開されている。博多湾には作家の檀一雄が晩年に移住した能古島や『万葉集』の歌枕として知られる志賀島が浮かんでいる。さらに福岡県には、俳人の杉田久女が「谺《こだま》して山ほととぎすほしいまゝ」と詠んだ英彦山《ひこさん》があり、北の端には門司港があって関門海峡が望める。海峡の町では多くの文学作品が生み出されてきた。

関門海峡

ひよどりの千羽の群れが龍となり忽ち渡る関門海峡

北九州の門司区に部埼灯台がある。そこの高台から四月の下旬に運がよければ「龍の渡り」を見ることができる。「龍の渡り」とはヒヨドリが関門海峡を大きな群れをなして飛ぶ様子が龍の形に似ていることから言う。ヒヨドリは留鳥でどこにでもいるが、謎の多い鳥で渡りをするものとしないものがある。昔は関門海峡を一千羽のヒヨドリが群れをなして渡っていたそうであるが、近ごろはその数が少なくなっている。

私は運よくまさに龍のように群れをなして渡るのを見ることができた。そこで観測をしておられる方にお聞きしたら、その日は近年稀に見る大渡りの日であったということである。五百羽ぐらいはいた。雨上がりのよく晴れた、視界良好の朝が観測にふさわしい。

ヒヨドリが渡りはじめてしばらくすると、ハヤブサが追いかけていく。ハヤブサは「はやつばさ」がその名の由来だそうで俊敏な鳥。獲物をめがけて

急降下するときには、時速四百kmにもなる。忽ちヒヨドリの集団に追いついた。双眼鏡で見ると、ヒヨドリは目立たないように身を守りながら関門海峡の海面すれすれを渡っていたのだが、一羽がハヤブサの口に銜《くわ》えられた。

　ヒヨドリを銜えたハヤブサが私のいる門司側の林へぐいぐいと戻ってきた。ヒヨドリの集団が飛び立った後、そこには別のヒヨドリが集まって、椿の花粉を口いっぱいにつけて鳴いていたのであるが、急に静かになった。どうやって一羽のヒヨドリの死を知ったのだろう。数分間の静寂。これはヒヨドリの弔いだと私は思った。何もしていないけれど、静寂がそうだと思った。

　一方、子育て中のハヤブサにとっては格好の栄養源である。近くの岩場にはハヤブサの巣があった。また、オスのハヤブサは銜えた鳥を空中でメスに放り投げるという。メスがキャッチすれば求愛成功。求愛、子育て、弔いと人生の縮図のような空がある。しばらくすると、先ほど静まっていた弔いのヒヨドリが、いつのまにか次の群れをなして海峡を高く、低く渡っていった。あっ、またハヤブサが追いかけている。

弔ひの鵯の一団飛びたちて風の帯見ゆ龍の渡りの

能古島

ハチクマは鷹の一種である。東南アジアのインドネシアやジャワ島などから渡ってきたハチクマは本州や北海道の林で繁殖する。日本では夏鳥であるが、秋になると福岡の上空を通過していく。福岡では油山や能古島で観測が行われている。能古島の方が鳥が近く見られる。春の渡りと秋の渡りは少しコースが異なり、秋の方がよく見える。ハチクマは福岡を通過した後、五島の福江島の方へ渡る。それから中国の上海辺りまで六百八十kmの洋上飛行をし、東南アジアに南下することが知られている。地上から見るハチクマの渡りはダイナミックで優雅である。上昇気流に乗って、羽ばたかずゆっくり流れるように飛ぶ。

観測によると、秋分の日の頃が一番その数が多い。前日に雨が降って、晴れた朝がベスト。視界がいいことを鳥は知っている。人間の眼もよく見える。時期と天気を選ぶことが必要である。ハチクマの渡りについては日本野鳥の会が定点観測を行っている。鳥を驚かさないように、自然に近い服装で出かけることも野鳥観測のマナーの一つである。

あとがき

幅広い読者を想定した「短歌と九州」の本を作ろう——と、編集者の田島さんと福岡のカフェでさまざまに語り合ったのは二年ぐらい前である。

まず、自宅の本棚をじっと見渡してかたっぱしから歌集を開いていく。九州を詠んだ歌には付箋紙をつけ、どんどん積み上げていった。思わず、他の歌を読み込んでしまい、なかなか進まなかった。週末の深夜ひとりの作業は朝までかかり、相当の時間を要したものの、歌のもつ力とは不思議なもので、眠気を感じさせない日々であった。一定の基準を設け、ややそれを動かしながら最終的にこの本に入れる歌を決めた。どの歌も私の愛してやまない作品である。

それから、それぞれの歌の作者や著作権継承者の皆さまに掲載についてお伺いをし、すべての方からご快諾をいただいたことは望外の喜びであった。さらに、文章を入れることになり、宮崎の箇所では伊藤一彦さんが相談にのってくださり、鹿児島の箇所では川涯利雄さんがインタビューに応じてくださった。大分の江口章子については、同郷の田島安江さんから提供された資料をありがたく思った。こうして、この本は多くの皆さまのご協力によって出来たのである。

最後に、素敵な写真を合わせていただいた書肆侃侃房の編集部の方々に深く感謝の意を表したい。

二〇一七年　初秋

桜川冴子

《沖縄》

「爆音を」

嘉手納基地……沖縄にある在日米軍最大の基地。二百機の軍用機が常駐。

紙のごと……紙人形のように。


「シーサーは」

平和祈念公園　戦没者の碑……戦死した軍人、兵士、沖縄住民の名前が刻まれた石碑。

シーサー……沖縄の伝説の獣の像で、門や屋根に置かれている。
＊千葉県出身の作者の父は沖縄で戦死。後年、作者は沖縄を訪ねた。

「ハイビスカス」
＊碑の前で、自らを死者の魂を慰める「ささげもの」としてさし出す。美しくも哀しい詩性。

「綾蝶《あやはべる》」

綾蝶……蝶を意味する沖縄の古いことば。
＊蜜を吸う蝶の口の長さで歌い出しながら、歌の眼目は下の句にある。明治政府が行った琉球処分以来、ずっと沖縄を犠牲にしてきた歳月のなんと長さをうたう。

「時に応じて」

焦げ色……この歌では戦争の焼け跡や犠牲者を思わせる。


「日本の」

みんなみのま中……南のまん中。
＊沖縄を日本の端としてみるのではなく、アジアの南のまん中なのだとうたう。ここには様々な犠牲を強いられて今なお基地の島としてあるかなしみと共に固有の文化をもつ沖縄人の誇りがあろう。

「三線《さんしん》の」

三線……沖縄を代表する弦楽器。


「ああ空に」

念仏踊《エイサー》……沖縄の盆踊り。
＊にぎやかにエイサーを踊る人々の暗い足元を月が照らす。盆の夜に特別に設けられた空の席。月の光は子孫を見守るひと夜の霊たちのやわらかなまなざしのようである。

「はるかなる」
＊サンゴは年に一度、五月〜七月の満月の頃に大量の産卵をして、海の色を染める。

「石垣島」

万花艶ひて……デイゴやハイビスカスなど南の島特有の花々が色鮮やかで。

やまとごころ……日本人のこころ。「やまと」とは琉球に対して使われることばで「本土」の意。
＊華麗な、しかし力強い上の句と、作者に去来する思いを描いた下の句はかなしく響き合う。あえて「やまとごころ」と歌うことによって琉球処分以来の沖縄の痛みの長さを思わせ、その悲しみを引き寄せながら心は苦しく思い乱れるのである。

「アカショウビンの」

アカショウビン……火の鳥の別名をもつ鮮やかな赤い色をした鳥。キョロロロ〜と独特の声で鳴く。

《鹿児島》

「かるるかるる」
＊鶴の鳴き声をオノマトペでとらえている。
＊秋になると、鹿児島県の出水平野にロシア南部や中国東北部で繁殖した鶴が渡ってくる。ナベ鶴が圧倒的に多く、次いで目の赤いマナ鶴。その数は一万羽を超え、また春になると北帰行する。

「喜界島の」

九年母《くねんぼ》……皮の厚いミカン科のくだもの。


「のびあがり」

開聞岳《かいもんだけ》……別名は薩摩富士。


「霧島は」

ファウスト……ドイツの詩人、劇作家のゲーテの作中人物。
＊霧島ツツジのような美しいひかりの花を想うこころに、あらゆる学問にも満足せず、宇宙の神秘を追究したいとしたファウストがよぎったのだろう。心の中で少し会話をしたのかもしれない。しかし、ファウストの生き方は作者に遠く、離れていきながら現実に戻ったのであろうか。様々な想像を呼ぶ歌。

「大隅は」

すんくじら……鹿児島の方言で「隅っこ」の意。


「特攻機」

知覧……第二次世界大戦中の特攻基地。
＊作者の幼い頃の親友は特攻隊として出撃し、還らぬ人となった。空を渡る鶴に亡き友を重ねたこの歌は哀傷歌として胸に響く。

「錦江湾」

錦江湾《きんこうわん》……薩摩半島と大隅半島に挟まれた湾。鹿児島湾とも言う。

《宮崎》

「母の名は」

都井岬……宮崎県最南端の志布志湾の東端に位置する岬。天然記念物に指定された野生の岬馬が多く生息している。足が短く、日本在来馬の特徴を示している。
＊夕暮れのあかね色に映える雲と岬の二頭の馬のやわらかな情景。

「栗の実の」

木食五行《もくじきごぎょう》……「木食」とは火を使った食べものをとらずに木の実や果実のみを食すること。「五行」とは江戸時代後期の僧で、五行明満《みょうまん》を指す。明満は北海道から九州まで行脚し、訪れたところで仏像を作って奉納した。その数は千体余り。なかでも宮崎県に長く滞在した。西都市の国分寺跡の「木喰五智館《もくじきごちかん》」には明満作の仏像が安置されているが、その中の大日如来像は木食仏としては最大のもの。

「ハナタレは」

ハナタレ……蒸留器から最初に垂れ落ちる「初垂《はつたれ》」を集めた焼酎。
蟹漬《がんづけ》……シオマネキという蟹を丸ごとすりつぶして、塩や唐辛子につけこんだもの。

「黒蝶を」

神とすれ違う……日向の国（宮崎県）は神話のふるさとであることを踏まえている。

「高千穂の」

言問ふ……ことばを交わす。

「自己矛盾」

自己矛盾……自分の中に自分を否定するものを含んでいること。あるいは自分の思考や行為に一貫性を欠くこと。
赤き膚……高千穂の斜面は溶岩の色で山肌が赤く見える。

《熊本》

「しろがねの」

江津湖……熊本市にある湧き水を集めた湖。鳥や小動物が多く生息。
しろがね……銀。
＊静寂の戻った湖面をきらきらと月が照らしているのだろう。月を抱いて眠るはりつめたような湖面に孤高な作者像が重なる。この静寂をいったい何をもって破ることができよう。

「わだつみを」

わだつみ……海。

「紫陽花は」

いろはにほへと……いろは歌の「色は匂へど」より、色美しいさま。

「霧とざす」

阿蘇の五岳……根子岳《ねこだけ》、高岳、中岳、烏帽子岳《えぼしだけ》、杵島岳《きしまだけ》。
うつしみ……この世に生きている身。

「みをつくし」

寝釈迦山……前注の阿蘇五岳に同じ。
みをつくし……一心にうちこんで。

「鮟鱇《あんこう》の」

崎津天主堂……天草下島の南西、羊角湾のひなびた漁村にあって、ひときわ目立つ美しい形をしたカトリック教会。この地には、禁教時代に隠れキリシタンとなって信仰を守り続けた人が多い。天主堂の入り口付近では魚の干物が売られている。

「天草の」

南天木《なんてんぼく》の箸……なんてんは「難」を「転」じるとして、この木を使った箸は福を招くと言い伝えられ、贈答などにも用いられる。

「琅玕忌」

琅玕忌《ろうかんき》……二〇一一年二月に亡くなった石田比呂志の忌日。毎年、その頃にゆかりの人々が集まり、熊本で石田作品を語る会が行われている。

「秋かぜや」

五百羅漢……熊本市の金峰山《きんぽうさん》の山麓にある雲厳禅寺《うんがんぜんじ》と霊厳洞《れいがんどう》と呼ばれる洞窟の間に五百羅漢が並んでいる。尚、霊厳洞には岩戸観音が安置され、かつては宮本武蔵がここにこもって兵法書『五輪書』を著したとされる。

「穴太積《あのうづ》み」

穴太積み……加藤清正時代、穴太衆と呼ばれる石垣職人の手がけた野面積み。

算木積み……細川時代の長方形の石を交互に重ねる石垣の積みあげ方。

・熊本城は時代によって石垣の積み方が違う。傾斜が急な方が算木積み。

武者返し……下はゆるやかで、上になるほど返り反りが激しくなる熊本城の石垣を言う。

「今さらに」

長六橋……慶長六年、加藤清正が架けた熊本のアーチ型の橋。

「空洞と」

水俣……熊本県南部の海と山に囲まれた町。工場の廃液により、水俣病と呼ばれる病気で多くの犠牲者が出た。

《大分》

「面《おも》わすら」

磨崖仏……岩壁に直接彫られた仏像。臼杵の石仏。

「久住・祖母」

南無三宝……仏に帰依を誓い、救いを求めるという意味を持つことばであるが、ここでは三宝鳥と呼ばれるブッポウソウという鳥。谷と山がいくつも重なる山地にいることが多い。

「響もして」

小津留が里……湧き水で知られる。

「あまでうす」

あまでうす……神の愛を意味することば。

おほ瑠璃の鐘……青銅製の美しい鐘。

「サンチャゴの」

サンチャゴの鐘……竹田にあるキリシタンの遺物。

「もしもじゃよ」

ジャコメッティ……スイスで生まれ、パリで活躍した二十世紀の彫刻家。

じゃこめし……大分名産の駅弁。

《長崎》

「傷軽きを」

松山……長崎市松山。爆心地。

浦上天主堂……キリスト教の布教の中心となった長崎市のカトリック教会。戦争中、兵器工場が近くにあり、原爆被爆の中心となった。


「弾圧の」

五島列島……長崎県の西の中通島、若松島、奈留島、久賀島、福江島などを合わせていう呼び方。隠れキリシタンの歴史をもつ集落が点在し、禁教時代は弾圧に苦しめられた。カトリック教会が多い。

マリア観音……観音菩薩像に模したもので、隠れキリシタンが拝んでいた聖母マリア像。


「祈りの手」

二十六聖人像……長崎駅からほど近い西坂公園にある。禁教時代、秀吉の命令によって、キリスト教の信仰を理由にここで処刑された二十六人の聖人の等身大のブロンズ像。彫刻家の舟越保武《ふなこしやすたけ》の作。


「出島とは」

出島……江戸幕府の鎖国政策の一環として築造された扇形の小さな人工島。ポルトガル、オランダ貿易が行われた。埋め立て工事で、現在は陸続きになっている。


「穂の波を」

生月《いきつき》……長崎県の平戸の近くにある西海の島。生月大橋ができて、現在は陸続きになっている。多くの島民がキリスト教の信者となり、禁教時代は弾圧に苦しみ、殉教者を出した。隠れキリシタンの島として知られ、島の館には貴重な遺物が残る。

まぼろしの救ひの人の島……処刑を前にしたキリシタンが「ここから天国はそう遠くない」と言ったということから、処刑された中江ノ島を指しているのではないかと思われる。神に近い殉教の聖地である。

《佐賀》

「花冷えの」

竜門峡……「二十一世紀に残したい日本の自然百選」「水源の森百選」などに選ばれた佐賀県有田の景勝地。遊歩道が整備されて、キャンプ場がある。


「いっぽんの」

桂……佐賀市下合瀬《しもおうせ》のカツラの樹は全国二位の大きさを誇り、山神のご神体として大切に守られている。

「古伊万里の」

古伊万里……佐賀県で作られた磁器の一つ。伊万里焼の中でも寛永中期以前のものを古伊万里と言う。

《福岡》

「玄海の」

いろくづ……魚。

「柳川の」

〈びいどろ壜〉……ここでは北原白秋のこと。子どもの頃、壊れやすく繊細で虚弱であったことから「びいどろ壜」というあだ名があった。

「夕鳥の」

ゆたにたゆたに……ゆらゆらと。

春潮……春の海。

＊多々良川下流は淡水と海水がまじり合う汽水域である。

「能古島」

能古島……博多湾に浮かぶ島。

見さくる……はるかに眺める。

志賀島……博多湾に浮かぶ島であったが、海の中道によって陸続きとなった。漢倭奴国王印が出土したことで知られる。歌枕の地。

「秋月は」

ビール麦芒《のぎ》……ビールの原料になるビール麦は繊細な芒を持っている。

「水細り」

筑紫次郎……筑後川の異名。

「炭住に」

炭住……炭鉱住宅。

ボタ石……石炭と一緒に採掘されたものの価値のないものとして廃棄された石。

＊墓地に葬られることなく原野に遺骨を埋めて、墓標の代わりにボタ石を置いた歴史の事実を踏まえており、炭鉱労働者への哀感がにじむ。

歌人略歴　①生没年②出身③現在の居住地④代表歌集3冊　（生年順）

竹山《たけやま》　広《ひろし》　①大正9年〜平成22年②長崎県④『とこしへの川』『千日千夜』『空の空』

安永蕗子《やすながふきこ》　①大正9年〜平成24年②熊本県④『魚愁』『くれなゐぞよし』『冬麗』

谷川健一《たにがわけんいち》　①大正10年〜平成25年②熊本県④『海の夫人』『青水沫』『海境』

岡野弘彦《おかのひろひこ》　①大正13年②三重県③静岡県伊東市④『冬の家族』『天の鶴群』『バグダッド燃ゆ』

前登志夫《まえとしお》　①大正15年〜平成20年②奈良県④『子午線の繭』『縄文紀』『青童子』

春日真木子《かすがまきこ》　①大正15年②鹿児島県③東京都④『火中蓮』『燃える水』『水の夢』

久津《くず》　晃《あきら》　①昭和2年〜平成25年②大分県④『硝子の麒麟』『孔雀都市』『宇宙銀鼠』

岡井《おかい》　隆《たかし》　①昭和3年②愛知県③東京都④『斉唱』『鵞卵亭』『臓器《オルガン》』

馬場《ばば》あき子《こ》　①昭和3年②東京都③神奈川県川崎市④『世紀』『あかゑあをゑ』『記憶の森の時間』

山埜井喜美枝《やまのいきみえ》　①昭和5年②旅順③福岡市④『はらりさん』『じふいち』『月の客』

石田比呂志《いしだひろし》　①昭和5〜平成23年②福岡県④『無用の歌』『九州の傘』『滴滴』

宮原望子《みやはらもちこ》　①昭和8年②鹿児島県③鹿児島県伊佐市④『哀蚊』『これやこの』『文身《タトゥー》』

志垣澄幸《しがきすみゆき》　①昭和9年②台北市③宮崎市④『空壜のある風景』『夏の記憶』『日月集』

清田由井子《きよたゆいこ》　①昭和11年②熊本県③熊本県南阿蘇村④『草峠』『夢やむらさき』『古緋』

青木昭子《あおきあきこ》　①昭和11年②山口県③福岡県糸島市④『さくらむすび』『申し申し』『秋袷』

千々和久幸《ちぢわひさゆき》　①昭和12年②福岡県③神奈川県平塚市④『水の駅』『人間ララ』『壜と思慕』

浜田康敬《はまだやすゆき》　①昭和13年②北海道③宮崎市④『望郷篇』『旅人われは』『百年後』

佐佐木幸綱《ささきゆきつな》　①昭和13年②東京都③東京都④『直立せよ一行の詩』『金色の獅子』『ほろほろとろとろ』

川涯利雄《かわぎわとしお》　①昭和15年②鹿児島県③鹿児島県姶良市④『エロイカを聞く夜に』『帰去来』『風の丘』

田村広志《たむらひろし》　①昭和16年②千葉県③千葉県東金市④『旅のことぶれ』『島山』『漠底』

高野公彦《たかのきみひこ》　①昭和16年②愛媛県③千葉県市川市④『汽水の光』『天泣』『流木』

伊勢方信《いせほうしん》　①昭和17年②大分県③大分県別府市④『鄙歌』『月魄』『分水嶺』

恒成美代子《つねなりみよこ》　①昭和18年②大分県③福岡市④『秋光記』『夢の器』エッセイ集『うたのある歳月』

伊藤一彦《いとうかずひこ》　①昭和18年②宮崎県③宮崎市④『月語抄』『海号の歌』『土と人と星』

外塚《とのつか》　喬《たかし》　①昭和19年②栃木県③埼玉県所沢市④『喬木』『草隠れ』『山鳩』

大島史洋《おおしましよう》　①昭和19年②岐阜県③千葉県習志野市④『藍を走るべし』『センサーの影』『ふくろう』

五所美子《ごしょよしこ》　①昭和19年②茨城県③福岡県北九州市④『緑暦』『三耳壺』『和布刈《めかり》』

日高堯子《ひたかたかこ》　①昭和20年②千葉県③千葉県市川市④『樹雨《きさめ》』『睡蓮記』『振りむく人』

沖《おき》ななも　①昭和20年②茨城県③さいたま市④『衣裳哲学』『白湯』『日和』

河野裕子《かわのゆうこ》　①昭和21年〜平成22年②熊本県④『森のやうに獣のやうに』『歩く』『蝉声』

永田和宏《ながたかずひろ》　①昭和22年②滋賀県③京都市④『メビウスの地平』『饗庭』『夏・二〇一〇』

小池《こいけ》　光《ひかる》　①昭和22年②宮城県③埼玉県蓮田市④『草の庭』『山鳩集』『思川の岸辺』

小紋《こもん》　潤《じゅん》　①昭和22年②長崎県③長崎市④『蜜の大地』

馬場昭徳《ばばあきのり》　①昭和23年②長崎県③長崎市④『河口まで』『マイルストーン』『風の手力』

阿木津英《あきつえい》　①昭和25年②福岡県③東京都④『紫木蓮まで・風舌』『天の鴉片』『黄鳥』

名嘉真恵美子《なかまえみこ》　①昭和25年②沖縄県③沖縄県宜野湾市④『海の天蛇』『琉歌異装』

永井陽子《ながいようこ》　①昭和26年〜平成12年②愛知県④『なよたけ拾遺』『モーツァルトの電話帳』『てまり唄』

渡《わたり》　英子《ひでこ》　①昭和27年②東京都③東京都④『みづを搬ぶ』『レキオ 琉球』『龍を眠らす』

松平盟子《まつだいらめいこ》　①昭和29年②愛知県③東京都④『帆を張る父のやうに』『プラチナ・ブルース』『カフェの木椅子が軋むまま』

栗木京子《くりききょうこ》　①昭和29年②愛知県③東京都④『夏のうしろ』『けむり水晶』『水仙の章』

小島《こじま》ゆかり　①昭和31年②愛知県③東京都④『憂春』『泥と青葉』『馬上』

坂井修一《さかいしゅういち》　①昭和33年②愛媛県③茨城県つくばみらい市④『ラビュリントスの日々』『望楼の春』『アメリカ』

上村典子《うえむらのりこ》 ①昭和33年②山口県③山口県光市④『貝母《ばいも》』『手火《たひ》』『天花《てんげ》』

水原紫苑《みずはらしおん》 ①昭和34年②神奈川県③神奈川県横浜市④『びあんか』『客人《まらうど》』『光儀《すがた》』

川野里子《かわのさとこ》 ①昭和34年②大分県③千葉市④『五月の王』『太陽の壺』『王者の道』

岩井謙一《いわいけんいち》 ①昭和34年②北海道③宮崎市④『光弾』『揮発』『ノアの時代』

米川千嘉子《よねかわちかこ》 ①昭和34年②千葉県③茨城県つくばみらい市④『滝と流星』『あやはべる』『吹雪の水族館』

加藤治郎《かとうじろう》 ①昭和34年②愛知県③愛知県名古屋市④『雨の日の回顧展』『しんきろう』『噴水塔』

キム・英子《えいこ》・ヨンジャ ①昭和35年②福岡県③福岡県飯塚市④『サラン』『百年の祭祀《チェサ》』

松村由利子《まつむらゆりこ》 ①昭和35年②福岡県③沖縄県石垣市④『耳ふたひら』『大女伝説』『鳥女』

桜川冴子《さくらがわさえこ》 ①昭和36年②熊本県③福岡市④『月人壮子《つきひとをとこ》』『ハートの図像』『キットカットの声援』

俵　万智《たわらまち》 ①昭和37年②大阪府③宮崎市④『サラダ記念日』『チョコレート革命』『プーさんの鼻』

浜名理香《はまなりか》 ①昭和38年②熊本県③熊本市④『月兎』『風の小走り』『流流』

東　直子《ひがしなおこ》 ①昭和38年②広島県③東京都④『春原さんのリコーダー』『青卵』『十階』

森山良太《もりやまりょうた》 ①昭和41年②鹿児島県③鹿児島市④『西天流離』

大井　学《おおいまなぶ》 ①昭和42年②福島県③東京都④『サンクチュアリ』

吉川宏志《よしかわひろし》 ①昭和44年②宮崎県③京都市④『青蟬』『燕麦』『鳥の見しもの』

大口玲子《おおぐちりょうこ》 ①昭和44年②東京都③宮崎市④『ひたかみ』『トリサンナイタ』『桜の木にのぼる人』

梅内美華子《うめないみかこ》 ①昭和45年②青森県③東京都④『横断歩道《ゼブラゾーン》』『若月祭《みかづきさい》』『エクウス』

松村正直《まつむらまさなお》 ①昭和45年②東京都③京都市④『駅へ』『やさしい鮫』『午前3時を過ぎて』

島田幸典《しまだゆきのり》 ①昭和47年②山口県③京都市④『no news』『駅程』

永田　淳《ながたじゅん》 ①昭和48年②滋賀県③京都市④『1／125秒』『湖をさがす』

笹井宏之《ささいひろゆき》 ①昭和57年～平成21年②佐賀県④『ひとさらい』『てんとろり』『八月のフルート奏者』

【主要参考文献】　（順不同）

斎藤茂吉『斎藤茂吉全集』第一巻　岩波書店　1973
斎藤茂吉『斎藤茂吉選集』第一巻　岩波書店　1998
岡井隆『茂吉の歌　夢あるいはつゆじも抄』　創樹社　1974
北原白秋『白秋全集２詩集２』岩波書店　1985
北原白秋『白秋全集39書簡』岩波書店　1988
齋藤茂吉　島木赤彦　若山牧水　釋迢空『筑摩現代文学大系15』
筑摩書房　1981
小山榮雅『うつせみの命を愛しみ…
小説 斎藤茂吉・立原道造の「長崎」』　檸檬新社　2008
若山牧水『作家の自伝86』日本図書センター　1999
折口信夫著　岡野弘彦編『釈迢空全歌集』角川ソフィア文庫　2016
秋山佐和子『長夜の眠り―釈迢空の一首鑑賞』角川書店　2017
長塚節著　齋藤茂吉選『長塚節歌集』岩波文庫　1933
若山牧水著　伊藤一彦編『若山牧水歌集』岩波文庫　2004
伊藤一彦『歌のむこうに』本阿弥書店　1990
松下竜一『その仕事１「豆腐屋の四季」』河出書房新社　1998
原田種夫『さすらいの歌』新潮社　1972
林真理子『白蓮れんれん』集英社文庫　2005
石牟礼道子　藤原新也『なみだふるはな』河出書房新社　2012
ながらみ書房編『私の第一歌集』上巻　ながらみ書房　1992
及川隆彦『インタビュー現代短歌　うた・ひと往来』春風社　2006
『ユリイカ』青土社　2001　8
『現代思想』青土社　2014　5
『大正昭和の歌集　短歌現代７月号別冊』短歌新聞社　2005　7(別冊)
若山牧水賞運営委員会編『みやざき百人一首
若山牧水賞第二十回記念』若山牧水賞運営委員会　2015
平山謙二郎編著『くまもと文学百景』熊本日日新聞社　1987
藤野まり子『うタタビフタたビ』鉱脈社　2015
宗像大社編『むなかたさま　その歴史と現在』宗像大社　2006
中村庸夫『島の名前　日本編』東京書籍　2005

●著者略歴
桜川 冴子（さくらがわ・さえこ）
1961年、熊本県生まれ。福岡市在住。
馬場あき子に師事。「かりんZONTAG会（福岡）」支部長。
福岡市文学賞選考委員。宗像大社短歌大会・太宰府天満宮短歌大会・
桧原桜賞（短歌賞）などの選者。読売新聞西部本社版で短歌季評を担当。
歌集に『六月の扉』『月人壮子』『ハートの図像』『キットカットの声援』
『桜川冴子歌集』（現代短歌文庫）がある。
現在、福岡女学院大学准教授。

写真：桜川冴子、田島安江、橋場紀子、吉貝渉、吉貝悠
写真提供：沖縄観光コンベンションビューロー、
公益社団法人 鹿児島県観光連盟、
公益財団法人 みやざき観光コンベンション協会、
一般社団法人 佐賀県観光連盟、福岡市、
一般社団法人 九州観光推進機構、フォトック

短歌でめぐる九州・沖縄

2017年10月20日　第1版第1刷発行

著　者　桜川 冴子
発行者　田島 安江
発行所　書肆侃侃房（しょしかんかんぼう）
〒810-0041
福岡市中央区大名2-8-18-501（システムクリエート内）
TEL 092-735-2802　FAX 092-735-2792
http://www.kankanbou.com
info@kankanbou.com

装　幀　黒木 留実（書肆侃侃房）
DTP　吉貝 和子
印刷・製本　大同印刷株式会社

ISBN978-4-86385-284-6 C0095